生と死の対話

～さっちゃんへのラブレター～

竹田一三

はるかぜ書房

まえがき

「あのね、お願いがあるの。世の中には、私のように病気になってしまった人や、健康と病気の境界の人、苦しんでいる人、悩んでいる人がいっぱいいると思うの。今の私は、こんなにも体が苦しくても、心が安心している。今までの私だったら、とても耐えられなかったと思う。いろいろとあなたに教えてもらった言葉は、魔法のように心に届いて、間違いは何もなかった。言葉が活きているから、苦しんでいる人も信じられるよ。本を書いて、この不思議な言葉を、もっと多くの人たちに教えてあげて欲しいの。私を助けてくれたように、みんなを助けてあげて。お願い」

平成29（２０１７）年６月の亡くなる11日前に阿部《あべ》幸子《さちこ》さんが、ガンの治療にあたる最後の入院のため自室のマンションを出発する際に、ベッドから車イスに乗り換えた時の言葉です。

幸子さんはこの時49歳独身で一級建築士として建築デザイナーとして仕事一筋でガン

バって来たなかなかの才女であり、けっこう可愛いい人でした。

僕のところに、幸子さんが共通の知人を介して訪ねて来たのは、平成28（2016）年9月10日。僕はこの時68歳独身バツイチです。人生相談のための「フィーリングポート」を主宰し皆さんの悩み相談にのる一方、タケダ設計一級建築士事務所の所長もしています。

幸子さんは子宮ガンの手術は無事に成功しましたが、定期検査の結果肝臓に転移が見つかったのです。

病気のことや、人生のことについていろいろと相談するのですが、根本は一生懸命に生きて来た自分の思いをわかって欲しいということでした。その上で、なぜ病気なんかになってしまったのか教えて欲しいということです。

僕のところに来る前、お医者さんからカウンセラーさん、そのほかに様々な人たちに相談に乗ってもらったそうです。しかし、彼らはみな通り一辺倒に答えはするのですが親身ではなく、自分のことを知ってもらいたい幸子さんには、納得いかないのは無理からぬことだったでしょう。

そうして僕のところに来たのですが、はじめは約1時間半、2回目も1時間半でした。

まえがき

何回目かに、

「よ～し腰を落ち着けて話をしよう」

と覚悟しました。

午後2時から始めて、

「もう終わりにしましょう」

と言ったのが午前3時であり、延々と13時間話したことになります。

話は進むのですが、少し進むと「でもね……」といい、また話が進むと「だけどね……」でふりだしに戻りました。

自分の生い立ちや、今までの人生を、何回も何回も延々と語るのです。よほど自分が置かれた現実を認めたくなかったのでしょうね。

今の現実を認めるというのは今日までの人生が認められない、つまりダメだったということだから、本当に辛かったのだと思います。

今まで幸子さんの相談に乗ってくれた人たちは、病気になって悩む人生を送るのは、これまでの生き方が間違っていたからで、生き直しなさいと教えてくれたと言います。

「私の何が間違っていたというのですか」

と口に出して言えないから、余計に悩んだのだとも言っていました。

何回か話をする内に、フルネームで呼ぶのも面倒だからさっちゃんでいいかと聞いたところ、

「それでいいです」

との答え。

「ではさっちゃんにします」

ということになり、以降はさっちゃんと呼ぶことにしました。

同じ年の10月29日~30日、僕の仲間と一泊でお伊勢さんに参拝することになりました。この頃はまだ体調も良くみんなと仲良く旅行しましたが、やはり自分で納得できないことは納得できないらしく、「空気の読めない症候群」と後にみんなからあだ名されましたね。

少したってから知ったのですが、さっちゃんと僕は一級建築士の同業者でした。一般的

にこの職業も結構頑固な人が多いので、さっちゃんの性格もこのあたりから来ているのかもしれません。

年が明けたころ、病気が一気に進んでしまい、2月に入って全身のガンなどを一度に調べられるペットCTの画像を見せてもらったのですが、肝臓から肺や鎖骨、二の腕にまで無数の白い点が映っていました。全身にガンが広がっていることを意味するいわゆる末期ガンの「ステージ4」です。

こうなっては現実を認めざるを得ず、納得する納得しないという段階ではないのです。それでも最後まで治るのだという意思は捨てず、そこはすごいなと感心したのを覚えていますよ。

現実をやっと認めてからは、素直に生きたかったという望みが叶って、本当に天使のようでした。

僕の話を聞いてもにっこりしながら、

「うん、その通りだね」

　と疑うことなどまるでなかった。

「体はしんどいけれど、心が安心しているから少しも苦しくないよ。『本を書くんだ』と前に言っていたね。私が教えてもらったことをみんなにも教えてあげて欲しいの」

　と僕に言ってくれました。


　この本は、平成28年9月10日から、亡くなった平成29年6月19日までの、僕とさっちゃんのやりとりを記ました。たった8ヶ月あまりのことですが、その中でも密に話した期間は、2月から6月までの4ヶ月のことです。

「どのような人生を過ごしたら良いのかわかりません」

　と言う人が答えをこの本の中から見つけてくれれば幸いです。

『生と死の対話～さっちゃんへのラブレター』

竹田　一三

はるかぜ書房

目次

第2章　楽しむ人、苦しむ人の違いはなに

第3章　楽しく生きるって、手抜きばかりと思っていた

第4章　日常生活って、大切だったんだね

第5章　活きている言葉はすごいよ、すぐ納得できる

装丁者：志冬

第1章　生きるって、何かな。生きる意味はどこにあるのかな

1、何も考えないで生きるって、できるのかな

それは考え方の問題であって、考え方を変えれば可能です。

僕は意識ではなくて無意識を信じて、判断をゆだねることにしています。

車を運転する時、誰もがアクセルやブレーキの踏み加減やハンドルの角度など、いちいち意識しないで無意識に操作しているでしょう。ハンドルの角度が左へ何度なんて考えませんね。しかし、その間に、対向車や通行人の有無、道路状況や街路の風景など、多くのことを無意識の領域が把握して判断しているのですよ。

一方、意識はよほど興味を持ったことしか覚えていません。

意識を働かせるとそのつど改めて思考しなければ判断できず、そのたびに思考するから記憶にも残るのですが、思考する時間分だけ判断が遅くなるのです。無意識は改めて思考しなくても答えを見いだせるのでより迅速に判断できます。

にもかかわらず多くの人は意識でなければ何も判断出来ないと思い込んでいるのではないでしょうか。

そして、何事も一生懸命に、意識で考えて、それこそ頭が一杯になるまで考えて行動することが正しいと思っているでは。

しかし、日常やらなければならないことは、いちいち考えなくてもほとんどはできます。体が覚えているから無意識にすぐできるのです。


一生懸命考えなければできないと思い込んでいることは、体も覚えていないうえ頭に入っている知識も足りていないので、いざやってみようとするとできないことが多いのでしょう。ここで言う知識とは、自分で意識して引っ張り出せる知識のこと。車の運転で例えたように、人間の意識は自分の興味を持ったことしか記憶していないので、考えに考えたところでその記憶の中にしか答えは見いだせないのです。

スポーツ選手がなぜあんなに一生懸命練習するのかも、いちいち意識していたのでは間に合わないから、無意識の内に体に覚え込ませるためなのです。

まとめるとこういうことになります。

意識とは、自分で考えることが可能な領域のこと。

しかし、知識が及ばないことを考えても答えは出てこないため、悩みのスパイラルに落ち込むだけです。


さらに、こうもいえます。

過ぎた昨日のことは、もう終わったこと。

それが反省しなければならないことなら、もうすでにひどい目に遭っているでしょう。

今、できることは、後の対応策を考えることだけです。

いまだ来ない明日を心配しても、そのようになるか否かは、人間の能力ではわからないものです。

だから、明日のために今日できるだけのことをしていれば良いといえます。

明日の準備を今日しなければならないかと考えた時、それが明日で間に合うのなら別に明日でも良いのではないでしょうか。

だいたい人間の苦しみ悩みの元は、

「そうしなければならない」

「そうでなければならない」

と自分を追い込むことから始まります。

人生、そうでなければならないことも、そうでなくても良いこともありますが、そのことを受け入れたことによって自分が少し変わることを恐れなければ、何も怖いことはないのです。今後の自分の人生のためにも、不安なままでいるよりも変化した方が良いことが多いといえます。


今日の生きざまは昨日の思考に基づいて成り立っています。

「明日もこんなものだ」

と自ら思ったように組み立てられているのでしょう。

自分の今日という日にちは、昨日決定しているのだから、突然今日は変えられません。

しかし、今という時に昨日とは少し違うことを思考すれば、明日は昨日と違う日が確実に訪れるのだから、明日は変えられますよ。

「私ね、今は何も考えないでいることなんてできない」

とさっちゃんが言います。

「人間の思考は今まで生きてきた人生、つまり過去の思いに基づいているので、明日のことは考えても答えは出ないよ」

僕は答えました。

過去を考えることとは、過去を美化するかどうかは関係なく、ただの思い出話に浸かっているにすぎないのです。悔いることはあっても、発展には繋がることはないといえましょう。

さらに、これからの未来も、自分勝手な空想にすぎないともいえます。

では、何を考えれば良いのでしょうか。

今日これから何をすれば良いかと、明日のために何をするかを考えるだけで足ります。

その知識は、誰しも自分の意識の中にあるから、たいして考えなくても答えは見つかるはずです。

そうなると、一日のほとんどの時間は、わざわざ考えるという行為をしなくても過ごして行けるのですよ。

2、何で死があるの、なぜ生きるの

この質問の意味は、

「なぜ私は、皆より先に往かなければならないのか、なぜこの順番を納得しなければならないのか」

ということでしょう。

普通に考えれば理不尽だし、不公平でしょう。

こう考えた時、本当に答えはあるのでしょうか。

私たち人類を含め、現在知られているあらゆる生命体は、地球上の大気の息吹きと共に循環し完結しています。宇宙であろうと、地球であろうと、すべて存在するためには誕生がある。出発がないと終われないのが物の道理なのです。

生があり死がある世界は不公平そのものであり、あるものは食べ、あるものは食べられるのです。

人間という存在だけを考えても、すべて公平ではないでしょう。

「みんな公平で可能性はみんなにある」

と学校の先生は言います。

しかし、ひとつの生物は、別の生物が犠牲にならなければ生命は維持できません。これも公平とはいえないでしょう。

個々人にとっていかに理不尽でも、生命体全体から考えると、不公平を受け入れる以外ないのかもしれませんね。

人間の生まれる前は誰も知りませんし、死んだ後も誰も知りません。

生まれた後に知った物質、物体も、以前から存在するものだと思い込んでいますが、本当にそうなのか、そうでないのかはわかりません。

他の動物として生まれたのならばまったく違った認識を持つことでしょうが、人間として生まれたからこそ、人間としての経験をしなければならないのだということです。人間というものを経験するためには、人間として生きるほかはないといえるでしょう。喜怒哀楽や四苦八苦も人間でなければ知ることができません。

「そんなことなど知りたくもない」

という人も多いでしょうが、実際はそれらがどういう苦しみであるか知っているからこそ、知りたくもないと思うのでしょう。


何も知らなければ、何もないのと同じ。

知ることですべてに意味が生じます。

それを、生きてはじめて知るのが人間なのです。

どんな生物も同じでしょうが、この世に生まれるのは自分の自由意思ではありません。

死ぬのも自分の自由意思ではないのですよ。

この世はすべて理不尽で不公平。


「なぜ」と考えるのはその理不尽の答えを求めるのと同じ。

自分の自由意思ではないところに意識は働きません。初めから知らないのだから当然のことであり、人類にとって不可知の領域なのです。

その領域があることを知るのも生きているからこそなのです。

生まれて来なければ、知ることは一つもないのですから。


我がままを言って他人と諍いを起こしたことを原因として、新たな結果を経験することもあります。

そこで何を学び何を学ばないかで、違う経験になるのです。

その結果が嫌な思いであれば、次にその思いをしないで済むような行動をするでしょう。行動をしてみれば良いのです。

これも生きていればこそ知ることができるのです。

しかし、「生きる」と言っても、そう難しく考える必要はありません。

とりあえず今日を何とか無事に生きれば、明日もまた何とか生きられるでしょう。

生きると言うのは、ただそれだけのことにすぎないのです。

人生は長かろうが短かろうが、すべてが一日の積み重ねに過ぎません。

いろいろな経験を積んで濃く生きた人も、淡々と人生を送った人も、生きた一日一日に優劣はありません。自分の人生は本来、他人と競べる必要はないのだから、肩肘張らずに生きれば良いのです。

「自分の人生、自分の思いで生きた」

これで十分なのですよ。

「自分の思いのまま生きてきました」

と自信を持って言える人は少ないでしょうね。

なぜかと考えると、

「たまたまそれが良いと思い、たまたまそのように行動した結果、たまたまこのようになりました」

という答えに行きつきます。

ですから、選んだ人生に自信など持てませんという人もいますが、それは間違っています。成功する人もしない人も、「たまたま」選ぶのは同じですが、たまたま選んだことを工夫するか、そのまま流されるのかだけが違うのです。

「たまたまこうしたら、こうなりました」

というのは現実・事実なのです。

だから本来なら、実経験として自信を持って言えるはずなのですが、失敗だと思い隠そうとする人は、その経験を活かすことができないでしょう。

せっかく人間として生きて知り得たことを無にしては、生きる意味を失ってしまいます。人はなぜ生きなければならないか。生きている限り、生きて知り得た意味を見失わないためであり、死んだ後にはその必要はなくなるのですよ。

だから人間は生きている限り生き続けなければならず、生きた意味を考えるために、生きた意味を知るために、とりあえず今日を生きなければならないでしょう。明日のためにも。

「とりあえず今日を生きる」

これが真理かも知れません。

3、より良い人生を生きるために必要なものって何

もちろん、衣・食・住が十分でなければ充実して生きられません。より良い人生のためにはそれだけではなく、身体が健康でなければなりません。その次には心が安定していなければいけませんが、もっと大切なのは、理屈ではなく魂が生き甲斐を見出しているかだと思います。

身体のためにはバランスのとれた食品が必要なように、心のためにはバランスのとれた言葉が必要となります。

誰もが知るように、誰かが荒々しい言葉を発したら周りのみんなの心も荒々しくなってしまい、少なくとも心が平安ではいられませんね。

心はその時々の思いに左右されてしまうのです。それほどまで心が安定するのは難しいといえるでしょう。

思考は今日まで生きて来た経験による知識・智恵により構成され、知識・智恵は言葉により成立しています。

つまり、我々の大脳は言葉を通して思考するのですから、悪い言葉やマイナスな言葉ばかり使っていると性格まで悪くなってしまうのです。

心を安定させようと思うなら、安定した言葉で思考する必要があります。

「あらゆる認識は経験に基づく」

人間の思考は過去の経験に基づいた、過去形の言葉で成り立っているのでしょう。

書店に行けばあらゆる分野のハウツー本が所狭しと並んでいますが、いかに正しい理論・理屈であっても、過去形の言葉ではなかなかにして心に響きません。

過去の悩みに対して過去に解決方法を求めようとするから、心に響かないのですよ。

悩みの元をいくら追求し分析しても、悩んでいる本人はもうそこには居ないでしょう。

本当は、悩みを抱えている今日の自分に悩んでいるのです。僕もいろいろと悩んでいる人と接して来ましたが、本当に真剣に悩み切った人ほど元の原因がうつろになりあまり良く覚えていないものなのです。だから、今置かれている現状がつらいと訴えるのでしょう。

そこから脱出するには悩みを方向転換する以外ないといえます。

例えばひとつの例ですが、先日見えられた若い女性の方が職場の人間関係で悩んでいました。ところが、仕事の話をする内に、

「こんな企画を立ててみてはどうですか」

「こんな計画も出来るのではないですか」

などと提案します。

「そうだったのか、つまらない事で悩んでないでもっと楽しいことがあったのですね」

「今まで悩んでいたことは少し自分で気を付ければ良いだけだったんだ」

彼女は納得してにこやかに帰られました。

悩みはそのように直接の原因が分かるだけで、解消することも少なくありません。

肉体には食料・栄養という糧があり、思考には知識・智恵・経験という糧があるように、魂には魂の糧《かて》が必要なのですよ。

その魂の糧とは、感動することといえます。

胸を打つ、心に響く、共感する、涙するなどの心の動きが魂の糧となるのです。

「生きていて良かった」

と心打つ場面に遭遇した時に人は思うのでしょう。

「生き甲斐」というから、家庭や仕事や趣味の中に見出そうとあせりもします。しかし、生き甲斐は見つけるものではなく、出会うものなのです。

何事であっても良いのですが、「ガンバって生きて来たから感動に出会う」のです。出会った感動を否定的な言葉を一切使わず、喜びの言葉で表すなら、もっと良き糧となるでしょう。

心に響く活きた言葉を心が聞いたなら、理屈なんかより早く納得できるはずです。魂が良き糧を得たなら心も体も共に成長するので、良き出会いのためには悩みや苦しみに立ち止まってはダメなのです。

前を向いて歩いて行くことこそが必要なのですよ。

４、この生き方が病を呼んだかな

最近はマラソンブームで参加者が増えているそうですが、結構死亡事故が多いと聞きます。

基礎的な走り方も呼吸法も知らずに少し走れるからといきなり42・195㎞も走れば、事故が起きて当然といえるでしょう。

さっちゃんも仕事人間としてガンバって生きてきたのは、間違いでもなんでもありません。

しかし、人間は人間なりの能力、特性、限界があるので、ガンバったならすべてが解決するわけではないのです。

鰹やマグロのように一生休まず泳いでいることは、人間にはできません。

身体が健全に活動するためには、休息も必要といえますね。

必要ということは必ずいるということであり、静と動のバランスに偏りがあれば正常には動けなくなるのが道理なのです。

何事も過ぎたるは猶及ばざるがごとし。

さっちゃんは休息の取り方も理解せぬまま走りすぎたのですね。

原始時代は人間の数も少なく、野生動物は今よりはるかに多くいたため、毎日が危険と隣り合わせの中で身を守らなくてはならなかったでしょう。

そこで、身体を守るためと身体を維持するための、副交感神経《ふくこうかんしんけい》と交感神経《こうかんしんけい》という正反対の末梢神経の２つの機能を育てたのです。

まず何らかの危機が迫ると、生体を興奮させる交感神経を全開にして危機から身を守ります。活動的な闘争状態にするのです。その後に目の前の危険が去った時には、生体の活動を抑え落ち着かせるための副交感神経を働かせ、免疫力を上げ身体そのものを守ります。今度は、細菌やウイルスなどの体に害をなす外部からの侵入を防ぐのです。

しかし、さっちゃんのように仕事が一日のすべてとして生活すると、交感神経と副交感神経は拮抗する機能を持っていますので、どちらかが優位に立つと片方の働きが鈍くなってしまいます。仕事をするのは、活動的でなければなりませんのでどうしても副交感神経の働く時間が足りなくなってしまうのです。人間の体には、一日に数個から十数個のガン細胞がどこかに生まれています。

ガン細胞を免疫細胞が日夜ガンバって取り除いてくれている内は良いのですが、副交感神経の働きが少なくなると、どうしてもガン細胞を取りこぼしてしまうのです。地球上の生物の宿命のようなものであって、誰が悪いとかいうようなものではないのですよ。

僕はよくみんなに、今日を昨日を「全力で」生きたか聞くことがあります。

「全力で」だから、真剣かとか完全疾走かとか聞いているのではありません。

あくまでも、

「自分の持つ器の範囲で精一杯生きているか」

と聞いたのです。

自分の持つ器の範囲で精一杯ガンバってもできないことは、できなくて当たり前なのです。

しかし、今日できなくても未来永劫できないのではないのですから、今日足りないと気付いたことを明日少し足せば完成に一歩だけ近づくでしょう。

明日少し足す努力をすれば良いだけだという答えを見つければ、今日一日を全力で生きることができます。どんなに優れた人であっても完全無欠はないのだから、精一杯生きるだけで十分であり、あとは安心して夜グッスリ眠れば、副交感神経が働いて、キッチリ身体は守られます。

つまり、一日を満足に終われれば体を守ることができるのです。

しかし真面目な人ほど思い描く理想像とその求める完成度が高い傾向にあります。

そして、その理想像が自分にできて当然、もしできなければ自分がダメだと自らを追い込むのです。

こうなると毎日が不満足の連続となり、ベッドに入ってもグッスリとは眠れなくなってしまいます。

つまり、一日中交感神経だけで生きることになり、病を呼ばなかったら不思議とさえ言えますね。

自分を過信しないで、そんなに自分を追い込まないで、毎日眠る前に今日の不甲斐ない私を許してあげれば良いのです。

第2章　楽しむ人、苦しむ人の違いはなに

1、楽しみながら生きる、苦しみながら生きる、この違いはなに

現実に生きることに、違いはあまりないのですよ。

学生であるか、社会人であるか、主婦であるか、それ以外であるか、時間の配分こそ違えおおむね変わりはないでしょう。

では何が違うのでしょうか。

嫌々するか、喜びと共に生きるかの違いになります。

同じ仕事をしても、「なぜ」私がしなければいけないのか、と思いながら働けば苦しいでしょう。私がしなければならない意味が理解できないか、納得できないことからくる苦痛です。

苦痛をかかえて仕事を行っても楽しいはずはありません。

誰かがしなければいけないのならば自主的に私がやっておこうと考えれば、何と言うこ

とでもないのです。さらに、もっと上手にできないだろうか、工夫の仕方が他にもないのだろうかなどと楽しみながら行えば、同じ作業をしてももっと楽しめるでしょう。

無理に働かされていると思うか、自分から進んで働くのかで大きな違いとなってきます。


お釈迦さまはこの世は苦しみに満ちていると考えました。そこでどのように生きれば苦しみから解放されるのかと思考した末の悟りの中から仏教が生まれたのです。

仏教は宗教であるとともに人生の生き方を解いた哲学でもあるのですよ。

苦しみをそのまま苦しむのではなく、もしかして「苦しみの中にいながらその苦しみを楽しむこと」も可能ではないかとも考えられました。

これは仏教の根本原理なのですが、悩みの中にいる人たちにこの話をすると、みんな口を揃えたように、

「こんなに苦しんでいるのに、それを楽しむなんてできません」

と答えます。

しかし、ここで言いたいのは苦しみの中でわざわざ楽しめというのではなく、最初から楽しんではどうですかという意味だと思います。

その苦しみが今の自分に突き付けられた現実ならば、その現実の本質を見極め、いかに工夫して乗り切ろうかと取り組めば良いだけであって、もうすでにある現実にそれ以上怯える必要はないという意味なのです。

悩み苦しむ人ほど、苦しみの本質に自分の不都合な尾ヒレをいっぱい付けて余計に苦しんでいます。

苦しみの本質はそれ以上でもそれ以下でもないのだから、あるがままを認めた上で工夫すれば、自らの工夫を楽しむことは可能なのです。

さっちゃんも病気になってしまったものは仕方がないと認めたら、後はこういう方法はどうだろう、こういう方法もあるだろうとあれもこれも考えるならそれが希望となるでしょう。

なってしまったことばかり嘆いたり悔いたりしていたら、絶望しかなくなってしまうのです。

仕事であれ、病気であれ、何であろうとも、どう考えても現実は認めなければなりません。認めさえすれば、どのようにでも工夫できるでしょう。

自分都合の理屈などで現実を認めない限り、どうしようもないのが現実なのですよ。

さっちゃんも、どうしても理屈で自分を納得させようとしました。そして、自分で自分を納得させるのに失敗すると、様々な人に相談して自分を納得させてもらおうとしたのです。しかし、どうしても自分流の納得にこだわるから、他人流の説得はさっちゃんの頭には入りません。

「自分流の納得」にこだわる人たちは、自分では気づいていませんが、

「都合の悪い現実を認めないで自分を納得させたい」

という願望が心の片隅にあるために、説得してくれる人たちとの差異を埋められないということになります。

人は生きている限り、現実世界に生きています。

その現実から逃げようとしても、逃げ切れないのですよ。

目の前にある現実は意図しようとしなかろうと、自分で昨日までに創り上げた現実に違いはないのだから、今日に少し工夫すれば確実に明日は変わります。

「こだわり」を考えてみても、そのこだわりに至ったのは昨日までの私なのです。

過去の私の考え方に、今日の私が縛られる必要はありません。

こだわりとは一つの考え方に捕らわれた一本道。

現実世界には道は一杯あるのですが、一つにこだわるから苦しさから逃げられなくなるのです。

いつも新しい工夫に挑戦するなら、何事であっても楽しめます。

2、人生って甘えても良かったのかな

「私は人に甘えるのではなく、対等に生きられるようにガンバってきました。そうでなければ自分が世間に埋没してしまうようで怖かった。しかしあなたを横で見ていると、平気で人に甘え、平気で人を安心させている。それでいて自分を見失うこともなければ、他の人以上に我を通している。こんな姿できる人ははじめて見たよ」

さっちゃんがよく言っていたことです。

人はいつも他人と優劣を競っているわけではありません。ワンマンアーミーのように自分以外すべて敵という場面もまったくないわけではありませんが、それはあくまでも限定された状況にしかなく、人はお互い様で生きているのです。

相手を認めれば自分も認められます。

甘えを認めれば自分の甘えも認められます。

人は基本的に初めから対等なのです。

しかしこれは普段の生活の話であって、競技中に甘えたことをしていれば負けて当たり前なのはいうまでもありません。

さっちゃんは、人生は競技と捉えていたのかもしれませんね。

それは根本的に間違っています。

自分の人生はあくまで「我が人生」であって、自分の人生は自分だけのものであり、他人の評価などいらないのです。

他人と競べて勝ち負けを競うものではないといえます。

まして、他人の家庭や身体の健康について、人生を生きる中で何に優越感を持ち何に劣等感を持っているかなど、他人のことなどほとんど理解していません。そんな理解もしていない人と競うことは、見当違いもはなはだしいでしょう。

何も知らないで他人と競った時、知らずに他人に触れられたくない逆鱗に触れてしまい、一生涯の敵を作ってしまうこともあります。

つまり競わなければ良いのです。

人間の人生はすべてが競争ではありません。

勝ったり負けたり、引き分けでも良いのですよ。

「甘えて平気なのは、自分に自信があるからですか」

ともさっちゃんはよく言っていました。

強い自分だから自信があるのではなく、

「自分の人生を自分で生きている」

と信じているから僕は強いのかもしれません。

自分の人生を経験するために、いつも強い必要もいつも弱い必要もありません。

自分そのもののままで何を経験するかを楽しみに生きているだけですから、必要以外考えることもなく、こだわる必要もないと思って生きているだけです。


こだわったなら予定した経験しかできないでしょうし、予定外の事態になったら「許せない」とか言って、また悩まなければならなくなるだけですね。

だから甘えることにもこだわっていません。

どのような生き方にもこだわっていません。

それが理解できるなら、甘えようと何をしようと問題はないのだと思いますよ。

3、他人に認めてもらえなければ、自分が生きている意味が見いだせない

「子どもの頃に養女の話があったの、その時思ったのが、私って要らない子だったのって。

それからは要らない子って思われないように、良い子でいるように、認めてもらえるように、一生懸命ガンバって生きてきた。学生時代も社会人になってからも、自分を認めてもらえるように、それこそ寝食も恋愛も投げうってガンバってきました」

さっちゃんがはじめて会った時にも言っていて、それから何度も聞かされたことです。

他人に認めてもらわなければならないなんて、それはそれで辛かったでしょうね。

人それぞれに感覚も常識も基準が違っているから、

「なぜ、この人は、こんなことを言うのだろう」

と思うような人もいるのです。

しかし、その人はその人なりに間違っているなどとは夢にも思っていないから、その人のことを「なぜ」そういうことを言うのかと考えても無駄。そんな人に認めてもらうには、自分を殺すしかないので辛くない訳はありません。

さっちゃんが和歌山で過ごすようになったころ言っていました。

「お父さんとお母さんが亡くなる少し前、養女の話をしてみたの。お父さんもお母さんもまったく覚えていなくて、いろいろと説明してやっと思い出して、『そんな話、すぐその場で断りましたよ。そんなことを覚えているなんて夢にも思っていませんでした』と。それを聞いて、な〜んだ、そうだったんだと、少し安心しました」


思い過ごしたまま40年以上いるのもすごいと思いますし、

「直接聞くのが怖かった」

というのもわかります。

「お父さん、お母さんの心の内はわかったけれど、今でも人に認めてもらえないとどうしようという心配は解決していません」

それがさっちゃんの相談が、何時間もかけても話が進まなかった理由でした。

「あなたの話は理解しますが、私のどの部分を認めてくれたのか、それともすべてを理解してくれたのですか」

ということだったのです。

「……だけどね」や「……けれどどね」と、そのため何回も繰り返したのだと納得しました。

余談になりますが、僕はいま月の半分ほど、どちらにも自宅がある和歌山市と京都市を往復しています。10年ほど前にはじめて京都へ行った時、話の半分も聞き取れないと京都の人たちに言われました。和歌山県北部は早口で語尾をはっきり発音しないで滑舌が悪いうえ、しかも方言たっぷりですから、それで話を聞いてというのは無理があります。

さっちゃんは関東言葉で育ったため、最初の頃は和歌山県北部の言葉に関して言っていました。

「六割話がわかったら良い方だ」

和歌山で暮らすようになってやっとわかるようになったらしいですが、

「その言葉の意味は何ですか」

とときどきは聞いてきました。

話を元に戻します。

他人に認められるということは、他人から評価されなければならないということです。

「評価されなかったらどうしよう」

と他人の評価を気にする人は必ず考えてしまいますね。

そういう人は評価されないと自分の存在理由がなくなると考えるのですが、私がこの世に存在する理由を他人が握っているなんて、私には考えられません。人間の存在理由なんて、神ならぬ人間にわかるはずはないでしょう。

まして、一体誰があなたを評価すると言うのでしょうか。

家族でしょうか、友人でしょうか、上司でしょうか、同僚でしょうか。先ほども言ったように人は千差万別。

人間は、欠点も長所も、能力・知識・知恵の偏向も様々に持った上で生活しているのです。

つまり、完璧な人間はいないのだと思わなければなりません。

人は完璧ではないから完璧を目指すのですよ。

完璧はあくまでも目標にすぎないのだと認識しないから、苦しむことになるのです。

人間はすべて完璧ではありません。

だから評価する人も評価した内容も、何かしら偏向しているといえます。もちろん、自分自身も完璧ではないですので、他人の評価に一喜一憂しても意味はないでしょう。

人間だけでなく、地球上にいる生物もすべて完璧ではありません。完璧ではない故に、千差万別の生物が、お互い補完しあいながら地球上に存在しているのです。人間だけが少し、そこに存在する理由をわかったつもりになっているようですが、本当は存在理由など生物すべて誰も知らないのです。


悩みをかかえた人たちが、僕の所に相談に来ます。

その人たちに問います。

「自分をそのままで認めることができますか」

「認められません」

「なぜ認めることができないのですか」

「今の私は悲しいほど情けないのです。こんなダメな私を拒否こそすれ、認められる訳ないじゃないですか。もっと私の理想とする自分なら、認めることができます。だって私はこんなこともあんなこともできない人間ですよ」

悩む人たちは、この世に完璧はあるものだと考えています。

だから足りない自分は認められず、嘆き悲しみ苦しむのです。

自分を拒否し受け入れないままで、他人に受け入れて欲しいと相談し、アドバイスを欲しいと言うのです。

せめて思考の偏りを認めてくれないと、こうすれば良いと言うこともできません。困ってしまった原因を受け入れてくれないと、話が前に進まないのです。

原因があって結果が現れるのですが、そういう人は結果として現れた精神的、肉体的不調にばかり目がいって、根本原因を聞く耳を持ちません。

これは完璧でないダメな私に触れずに、不調を治して欲しいということなのです。

それではいつまでたっても、少しも改善しませんね。

世の中のすべてが過去を原因として今日が結果として成り立っているのです。

何もないのに突然現れることなどめったにないことでしょう。


世の中すべては相対的に成り立っています。

自分が関わるから他人も関わるのであって、関わらなければ他人事にすぎません。

自分が気にするから他人も気にするのですよ。

自分が受け入れられないから他人も受け入れません。

自分が許さないから他人も許さないのです。

自分が自分を認めた上で他人も認めないから、他人もあなたを認めません。

自分が認められたければ、先ず自分を次に他人を認める必要が生じますね。

「私はあなたが大好きです」

と言う時、この人のことを本当に好きだと認め信じて、はじめて本当に好きですと言えるのです。

認めて欲しいという思いはわかるのですが、誰でも良いというわけではないのです。自分が認めたその人に認められたら、もっと嬉しいでしょう。それを自覚せず、誰彼なしに認めて欲しいと考えるから自滅するのですよ。

4、話し合いって、話を合わせるためだったんだ

和歌山でのある日の夕食。

「今日は何の話をしながら食事しようか」

「テレビで言い争っている場面が出て来て、醜いなと思った。見なければ良かった」

「では、話し合いってどういうものか話でもしようか」


話し始めたのは相談に来た親子の話です。

お母さんが言います。

「うちの息子が夫婦げんかばかりするから、『私が仲に入ってあげようか』と言っても、『夫

婦のことは夫婦で話し合いをするから、お母さんは口をはさまないで』と聞きません。それで無視しておいたら、ますます仲が悪くなって、嫁が『もう限界です』と泣いて来ました。私はどうすれば良いのですか」

私の答えはこうです。

「あなたの息子夫婦がやっているのは、話し合いではなく、諍いなのです。諍いとは言い争いつまり口ゲンカですから、仲良くなるはずはありません。話し合いとは、話の妥協点を見つけて話の論点を合わすことですから。自分は正しいあなたは間違っていると論じ合っては討論でしかなく、結局は意見の押し付け合いをしただけで終わってしまいます」

日本人はつくづく話し合いがヘタですね。

「まあまあ」と事無かれ主義の歴史が長すぎたのでしょう。

しかし今日、自分たちは現代文明の日本に暮らしているのだから、もう少し上手になっても良いと思いますよ。

「私は話し合いが得意です。いつも話し合いで解決して来ました」

という人で、うまく人生を過ごしている人を見たことはありません。

結局は理屈をこねまわして、自分でまったく気付かず他人に意見を押し付けて来ただけで、知らぬ間に敵を作っただけであり、楽しい人生であるはずはありません。

日本にディベート文化がなぜ根付かないのでしょうか。

ディベートはあるテーマをあらかじめ決めておいて、討議のはじまる少し前に肯定側か否定側かどちらに回るか決めるのですが、それまでどちら側に回るかわかりません。そのために、相手の長所、欠点を知らなければ話になりません。どちら側に回っても、論をたて相手を問い詰めその意見の否を論じ、理論の優劣を競う競技です。つまり片方が正しいと思うだけでは勝てないのです。

結局のところ、ディベートなら勝負が付いて終りであり、そういうゲームなのだから遺恨はないでしょう。

しかし夫婦ゲンカは日常生活に根ざしていますので、相手の意見を肯定するか否定するか、勝ったか負けたかでは終わりません。

日常生活の不都合をどうしたら解決できるか、つまり解決方法を話し合うのが根本ですね。

「このようになったのはあなたが悪い。そのそもそもの原因は……」

と原因論争を始め相手を攻撃し責任論に至ります。こうなっては感情がたかぶり、もう話し合いどころではなくなってしまいますよ。

いつまでたっても根本問題に行きつけず、解決方法も見つかりません。

僕もいろいろとアドバイスしましたが、

「私は何も悪くも間違ってもいない」

とその息子は聞く耳も持ちませんでした。

結局離婚しましたが、自己主張も一方的にすぎると本人も周りのみんなも幸せになれないのです。

たとえ討論であっても最終的にみんなが納得しなければ意味がなく、そのためにも折れ合うべきところは折れ合わなければ、話し合う甲斐がないでしょう。

第3章　楽しく生きるって、手抜きばかりと思っていた

1、白黒はっきりさせなさいと教えられて生きて来たけど、ダメだった？

白黒を付けるとは、良し悪し、是非、無罪・有罪かはっきりさせるという意味です。

「白黒付けなければ気がすまない」と言う人で僕の知るところでは、幸せに生きている人に会ったことがありません。

白か黒かと他人を追いこんでしまい許すという鷹揚さに欠けることで、結果として自分をも追い込んでしまうからです。

よく考えてみると、白とは光を完全に反射して何も見えない寸前の状態。

黒とは光を完全に吸収してしまい何も見えない寸前の状態。

どちらにしても私たち人間には可視光しか見えませんから、過ぎれば光もまた闇ともなり何も見えない状態に変わりはありません。

何も見えないのだから、本来はっきりさせようがないのですよ。

多くの人に、白と黒の間は何色ですかと聞くと、たいてい「グレー」と答えます。「グレーゾーン」には、ほとんどの人は良いイメージを持っていないでしょう。白に近いグレーから、黒に近いグレーまで、はっきりしない見本のようなものですからね。

色不異空《しきふーいーくう》　空不異色《くうふーいーしき》
色即是空《しきそくぜくう》　空即是色《くうそくぜしき》

これは大乗仏教の神髄とされる経典の『摩訶般若波羅蜜多心経《まかはんにゃはらみったしんぎょう》』の中心をなす、あまりにも有名な言葉です。

完全なる白と、完全なる黒は、本来、空《くう》であって、何もない世界なのです。

色《しき》と空《くう》には、種々説はありますがここでは以下の意味として話を進めます。

知覚領域外にあり人間に認知できない存在を「空《くう》」と、知覚領域内にあり人間に認知できる存在を「色《しき》」と考えますと、完全なる白と完全なる黒は本来空《くう》であり人間には認識できません。

色《しき》とは色を示す世界すなわち自分たちが暮らしている世界であるため、様々な色彩が存在します。

つまり何もない空《くう》の世界の間には、フルカラーの色《しき》の世界が存在するため、白と黒の間には赤や青や緑などの様々な色が存在します。

自分たちが普段使っている白は、そのフルカラーの中にちょうど良い白い色彩として存在し、黒もまた同じです。だから白と黒の間には、グレーだけが存在する訳ではないのですよ。

善と悪も同じであって、完全なる善は私たちの住む世界には存在せず、完全なる悪も存在しません。

仮に完全な善が存在したとすると、完全なるが故に他の存在は許容できないでしょう。

何者をも拒否する世界には人間は住めません。

多種多様な人間を拒否する世界は人間にとっては「悪」となります。

完全なる悪も完全であろうとすればするほど、完全ではない他者を受け入れられませんね。

自分のことを考えてみましょう。

人は良い面も悪い面も、暖かい面も冷たい面も、その中間も様々な面を持っています。

それこそが人間というものです。

つまり、人間世界に白黒はっきり付けようとするのは無理といえます。

それでも白黒はっきり付けようとすればするほど、人々に受け入れてもらえず疎外感を味わうことになるでしょう。

なぜならば、白黒はっきりさせることは他者を受け入れないのと同様となり、他人を受け入れない人が他人に受け入れられるはずはないのです。他人を受け入れてはじめて自分も受け入れられるのですから。

人間の住むこの世界は、雑多で丁度良くできているのですよ。

2、自分が自分の人生を生きるって難しいよ

生きることは難しく考えれば、難しくなります。

そもそも自分らしさとは何だと思いますか。

みんな自分のことを一生懸命自己分析して、答えを見つけようとしますが、人間は誰しもが自分のことはわからないものです。なぜなら自己分析する自分は、どの自分なのだろうかわからないからです。

自分のことをよく考えてみましょう。

真面目な面や不真面目な面、意地悪な面や嫉妬深い面、弱虫な面、正直な面など、善悪様々な面が心の奥底にひそんでいます。

「私ってこういう人だから!」

と自分を決めつけて言う人もいます。

そういう人には、それがあなたのどの面のことを言っているのか聞いてみたくなります。

自分がこれでもかと考えても、理解できないところには自分はいません。

自分の考えが及ぶ範囲のすべてだけが自分なのです。

常日頃において行動する行動しないにかかわらず、考えることのできるすべての世界に自分がいるのですから、自分らしさとは自分のすべてといえます。

故に誰もが自分の人生を自分で生きているのですが、一つ問題があります。

今あなたが生きている人生は、誰かの流儀に基づいて片寄っていないかということです。

「このように生きなければ」

と思い込み、こだわったのは誰かの教えです。

お父さんかお母さん、それとも誰か尊敬する人から教わったのでしょか。知らず知らずの間に自分以外の人に植え付けられていることが結構あるのですよ。

その教えがいかに正しくても、

「良い子になりなさい」

ということも過ぎると、良い子症候群と呼ばれます。

行き過ぎた「良い子」の人生に疲れ果てる人もいるのです。

子どもは模倣して育つのですが、模倣している内はまだしも、絶対的な教えとなってしまうと、その教えに縛られて一生を生きなければならなくなってしまいます。それでは普段の生活も片寄ってしまいかねませんね。

そうなると、生き方がどこかギクシャクしていることに気付く時が来ます。

「自分は自分の人生を生きているのかな」

と考えてしまいがちです。

しかしその生き方も、自分の思考の及ぶ範囲であることは間違いありません。それも自分の人生であるのですが、疑問をもったその時こそ人生を修正するキッカケとなるのですよ。

それを教えてくれた人も、良かれと思い教えたのであって、悪気などないでしょうから、その教えの意図するところをもう少し幅を持って考え直してみましょう。そうすればまた、違った人生が始まるでしょう。

3、楽しく生きるって、手抜きの生き方だとばかり思っていた

僕に相談に来る人たちは、

「楽しむとは、手を抜いて楽《らく》することではないのですか」

と、よく言います。

僕にとっては楽しみながら生きる話なのに、この人たちはなぜそのように解釈するのだろうかと不思議に思います。

楽しむことと楽《らく》することが、同じ意味に解釈されているようです。

真実を考えるなら、楽《らく》するために手抜きはできないのです。

「手を抜いて楽《らく》をしよう」

とする人は、確かに世間にいます。

しかし、そういう人は先ず考えなおさなければならないでしょう。

周りの人たちも決して好印象を持たないでしょう。

知らず知らずの内に敵をつくってしまうかもしれません。

手抜きは決して楽に済ませるやり方ではないのですよ。

仏教では、この世は「苦である」と教えます。

しかし先ほどもいいましたが、「苦を苦のまま楽しむ」のが、仏教の根本原理であるとも教えます。

人の世は何事であろうと、あなたがそのように思うとそのようになりますし、反対にそのように思わなければ絶対にそのようにはなりません。

他人があなたの方を見て指さしたなら、劣等感を持っている人は自分の悪口を言われていると思うでしょう。優越感で生きている人は、注目されていると喜ぶかもしれません。何事であろうと自分がどのように思ったかがすべてなのであり、他人はそのように思わせるための脇役にすぎないのです。


話を戻します。

「苦しみを苦しみのまま楽しむ」ことができるなら、日々苦しんでいる人たちのように、「苦しみを苦しみのまま苦しむ」ことも可能となります。

しかし、そう考えてはいけないのです。

あなたは苦しみの中にいながら、苦しみの本質、真実が見えていますでしょうか。

なぜ私が苦しまなければならないのかとか苦しみは嫌だとか、苦しみを拒否しようと頭の中が一杯になり、不平不満で一杯ではありませんか。

いろいろな思いで、苦しみを本質以上に増幅して苦しんでいるのが現実です。

苦しみの本質に自らの不平や不満、劣等感や不甲斐なさなどを重ね合わせてよけいに苦しんでいるのです。

「そう思うが故にそうだ」

という実体のない思いですから、虚構の海で溺れていることと変わりません。

もし苦しみの元になる真実を見つめるなら、数ある人間世界の苦しみの一つに過ぎないのかもしれません。それに気付くなら、受け入れることができると思いますよ。

もっと視野を変えるなら、その苦しみに創意工夫が可能だと気付くでしょう。そうなれば楽しみに変えることも夢ではなくなるのです。

「なぜ、私が、この仕事をしなければならないのか」

と思うなら、イライラし腹も立つでしょうし、この仕事を命じた人を許せないかもしれません。

でも良く考えて見れば、私がしなければならない理由が理解できていないだけですよ。

反対にその仕事に興味を持ち、

「私がやります」

と自分から進んで行うなら、それがどんなに困難でも楽しめるはずです。その人にとっては、仕事を行う理由が自分にあるとわかっているから。

何事であれ苦しいと思ってしまうと、現実に苦しいのだから、誰であっても嫌になります。嫌々することに満足感は絶対に感じることがないのが人間というものです。

「あれで良かったのか」

「もう少し何とかなったのではないか」

反省することばかり。

ベッドに横になっても、なかなか寝つけず、ますます精神が弱っていきます。

それでもガンバって、もっとガンバって完成させなければと自分で自分を追い込み、自分を犠牲にしても誰も喜ばない結果を生んでしまうのです。

そんなガンバりはマイナスにしかなりません。

いかにガンバっても人間には限度があるのですよ。

それを無視して次から次へと成果を求められたら、壊れるよりないでしょう。

好きなことに全力で取り組んでいるときは、たとえ寝食を犠牲にしても体も精神もなかなか壊れないものです。終了すれば爆睡して目が覚め食事をすればすべて完了ということになります。

嫌になった時や喜びを見い出せなくなった時、苦しさばかりが目に付いた時や限界を感じた時、そこでもう一度ガンバるのも勇気ですが、撤退する勇気もあって良いのではないでしょうか。


さっちゃんがある日しんみりと言いました。

「先日テレビで、都会の第一線でガンバっていた女の人が心機一転、仕事を辞めて石垣島《いしがき》へ行って、インストラクターの仕事についたことをドキュメンタリーでやっていた、私もやってみたかったな〜」

「撤退するのがもう少し早ければ良かったのにね」

と僕が言うとうなずいていました。

実際問題として、この土地でなければ、この家庭でなければ、この会社でなければ生きていけない、などということはないのです。

どんな田舎暮らしを始めようと、その土地に暮らす人たちを受け入れられるなら、自分も受け入れられます。

人はどんな所でも暮らせるのですよ。

どうせ生きるなら、喜びを見つけて楽しく生きた方がいいでしょう。

4、いろんな人がいろんな常識を抱えて生きているんだね

「あなたの常識、世間の非常識」という皮肉な言葉がありますが、本当はみんなそれぞれです。

よく考えてみると、誰もが、姿、形、骨格、人格、人相など、70億人いても同じ人はいませんね。

それらの違いは誰しもが理解するのですが、頭脳となると違いをみんなが理解しているとはいえません。姿や形は違えども、頭脳の姿や形は同じと誤解しているのではないでしょうか。

顔が違えば、頭脳も違うのです。

記憶に優れた脳や運動野《や》が優れた脳、計算力に優れた脳やカミソリのように鋭い脳もあ

ります。おっとりした脳、ある部分が発達した脳、ある部分が欠損している脳など、同じ脳を持つ人はいません。

そのため、同じ事態に遭遇しても、同じ発想をすることはないのです。

その反応が想定内の人もいれば想定外の人もいて、中には「なぜ！」と声を出してしまうほどとんでもない行動をする人もいますね。

それを第一原因として、第二原因が家庭環境や社会環境。親や学校、友人や知人など個人個人すべてが違うのが現実です。

生まれつきの頭脳に生育環境が加わり個人の性格が形成されるのです。

今、地球上に住む人だけでなく過去に住んだ人まで、天文学的数字ほどに違って存在しています。ですから、他人と競べて私はどうのこうのと言うのは、どれだけ間違っているのかがわかるでしょう。

父母が潔癖で真正直な家庭で育った子は、それが正常と思い模倣します。

「良い子で育って欲しい、もし良い子でないのなら我が子とは見なさない」

と思うほどの強迫観念の強い親の元で育った子は、雑多な世間で暮らすにはどうしても不都合が生じます。

「良い子に育って」

と願うのは、親としていたって正常です。

そのように育った人の環境では、美学とも言えるほど正しいことなのですが、度をすぎると弊害が生じてしまいます。

現代の小・中・高校生たちの世代を見ても、そこまで他人に気を遣うとこちらまで気疲れするからと、仲間はずれにされ友人がいなくなってしまった子供にも何人かお会いしたことがあります。

少しは自分との発想の違いも受け入れ、多少は他人のことも許せる子供が「良い子」であり「良い人」です。

思い込みの強い親の元に育つと、どうしても本人も知らぬまま強迫観念を持ってしまいますから、その教えに固執してしまうのです。その結果、違いを許せなくなってしまいます。

人間というものは、一度身に付いた常識を疑うことは難しいし、もし疑えるのなら今日までの成長過程で修正しているでしょう。疑えたならば、少なくとも現時点で常識の違いで悩むことはないのではないでしょうか。

仏教で中庸が大切と説きます。可もなし不可もなしなのです。ある思想に過剰になると、他の思想も思想の足りないのも、すべて許せなくなってしまいます。自分と同じものしか受け入れられなくなり、あなたが受け入れない人たちからあなたも受け入れられなくなります。

「人の振り見て我が振り直せ」とよく言いますが、他人の振りと自分の振りの違いを受け入れてはじめて性格は直せるのですよ。

お笑い芸人のネタに「人の振り見て変な人」というのがありますが、普通に生きていると思っている世間一般の人は、それとほぼ変わらない感覚で日々暮らしています。それは自分との違いを差別的に認識しただけで、違いを受け入れることとはまるで異なりますね。

「私の思考も間違ってはいないと思うけれど、あなたの思考もそれなりに認めることができる」

と認識してはじめて受け入れたことになるのです。

違いを受け止める一番の早道は、価値観の違う人ともできるだけ知り合いになってみることでしょう。

「そんな考え方もできるのですか」

と新たな発見に出会えること間違いありません。

5、東京のサラリーマンって、誰もがイライラしてるの

4月4日、関空へ迎えに行くのに間に合わないので、さっちゃんに南海電鉄の和歌山市駅まで来てもらうことになりました。

特急の指定席で来るように言っておいたのに、

「普通席で来ました」

「座れましたか」

「私の大きなお腹を見たらすぐ席を譲ってくれましたよ、東京なら譲ってなんかくれない

よ」

という話になったのです。

それから約一ヶ月後、東京のさっちゃんのマンションへ行った時、

「電車に乗る時、サラリーマンの顔をよ〜く見て来てね」

とさっちゃんに言われました。

そのあくる日、乗客の顔をあまりジロジロ見ては失礼かなと遠慮がちに皆の顔を見回て見たのですが、誰も気付く人もなく、なるほど、余裕のある顔をしているのは観光客くらいで、本当にゆったりしている人はいませんでした。ふと見ると横に座っている30才ほどのスーツを着たお兄さんの、目が真っ赤でずっと下を向いて何かに耐えている姿が目に映ったのです。仕事をする普段の実態がうかがえ、何とも気の毒に思う以外ありませんでした。

「私も東京で仕事している時はこれが普通だと思っていたから、何も考えなかったのだけれど、関西に来てから時間がゆったり流れているように思う」

とさっちゃんも言っていました。

東京の第一線で仕事をガンバっている時にガンが発症し、様々なネット等で調べお医者さんにも相談し、この病院が一番信頼できるからと誰も知り合いのない大阪の病院へ入院したのです。

そこで手術と治療を行い少し回復し、通院のため選んだのが京都市内にあるマンションでした。

「大阪よりもっと京都の方がゆったりしているから」

と選んだ理由を言っていました。

その京都で僕と知り合ったのです。


そうして和歌山で僕と暮らした約2ヶ月、もっと時間はゆっくり流れていたと思いますよ。

もっともその間に3回東京と和歌山を往復していましたが。


都市と地方で暮らしてみると、時間の流れが違うと実感します。これは自然とのかかわり方が違うからでしょう。

都市にも自然はあるのですが、ほぼ人工の整備がなされあるていど制御された自然の中で暮すから、自然を感じることは少ないのです。むしろ感じなくても普段の生活に支障はありません。

田舎暮らしだとどうしても自然が前面に出てきますから、いやが応でも感じざるを得ません。

「最近、空を見上げたことありますか」

と悩む人やうつ病の人、イライラしている人に聞きます。

「ないです」

という答えがほぼ決まって返ってきます。

そういう人たちの目線は目の高さより下を向いていますから、空など見ることはあり得ず、悩むことに必死ですから天候などにも関心はないのですね。

人間も含み地球上に存在する生命はすべて地球と共に生きていて、地球と共に生きていない生物は今のところは見つかっていません。

ですから、地球と共に生きているということを失念してはいけないのですが、都会で生活していると、この社会の一員だと実感できればそれで十分だと思い忘れてしまいがちです。

そうして都市社会に受け入れられるために、子供から老人、サラリーマンや学生、主婦まで、約束事やスケジュールに縛られた管理社会に生きることになります。

日本の歴史を考えても、人間が人間の都合で管理可能と思われる社会など70年程度しかたっていないのです。

誰もが合理的に自分の都合を持ち出した時、理屈がすべてに勝る社会となり、結局は自分たちを自分たちで縛り、自由がどこかに消え失せてしまうでしょう。

つまり、人間は地球上の一員であることを忘れると、人間中心の社会となり、人間の都合が社会の基本ルールとなってしまうのですよ。

「こうあるべきだ」

と社会のルールを決めつけます。

「こうでない人は排除するべき」

となり誰もが排除されたくないが故にますます自由がなくなるのです。

今日の日本社会もかなり危ないと思いますよ。

僕の建築設計の仕事はほとんど和歌山県内です。「今日、天気が悪いから約束した日にちを変えてもいいですか」と連絡を入れると、ほぼ１００％納得してくれます。

地方で暮らしているとどうあがいても自然に勝てない時があり、人間の都合が通じない時があることを知っています。

そのためお互いに「折り合わなければ」が基本となるのでしょう。

そこから、他人を思いやる余裕も生まれると思いますよ。

さっちゃんが好きだった京都も、シビアな部分もありますがどこかみんな自然と共に生きているように思います。東京で暮らす人たちももう少し他人を受け入れ、人間の都合を譲り合えば、心の余裕が生まれるのではないかと思うのですが。

第4章　日常生活って、大切だったんだね

1、お帰りなさい。お風呂にするそれともお食事

「ずっと独身で仕事一筋でガンバって来たけれど、今になってはじめて知ったよ『いってらっしゃい』『おかえりなさい』って言えることってすごいことだったんだ。こんな生活が、こんなに楽しいって、もっと昔に知っていれば良かったのにね。そしたらこんな病気にならなくて済んだかもしれないね」

これもさっちゃんの言葉です。

その場では、

「そうかもしれないね」

と言う他なかったのです。

しかし、こんな些細な日常茶飯事にも気付かず、一生懸命仕事に打ち込んで生きている人はたくさんいるのだろうと思いました。

何かの本で読んだ言葉です。

『生き甲斐を見つける』ために生きるのは、命を軽視している。生き甲斐は後から付いてくるものであって、命はあるだけで充分なのです」

というような内容だったと記憶しています。

全くその通りだと思いますよ。

以下の話も、相談に来たガンで亡くなった女性のことです。

よくマスコミで取り上げられていた「自分探し」や「生き甲斐探し」に自分の人生を重ね合わせ、自分をもっと知りたいと世界各地を巡り、たどり着いたのが山岳仏教でした。

何らかの自分が見つかると信じて、何年も厳しい修行を重ね疑念が沸き起こるつど、

「まだまだ足りない」

と修行を強めました。

人里を離れ、一切人に会うこともなく、２ヶ月、３ヶ月と打ち込んだということです。しかし、子供の頃から山岳で育った人たちと違い、日本育ちでは修行に無理があったのでしょう。やがて体を壊しガンを発症し、お医者さんに余命２ヶ月と宣告されました。

今から5年ほど前に、知人を通じて僕の所へ来ました。

それから月に1～2回、いろいろな話をしました。

「自分をわざわざ探さなくとも、自分はいつも自分と共にいるのだよ」

「自分と共にいる自分を信じないなら、どこまで探しに行っても自分はいないよ」

「良い子も、悪い子も、意地悪い子も、愛しい子も、自分の中にすべているのだよ」

「苦しい修行で自分を見つけても、苦しんでいる自分を発見したに過ぎないのだよ」

「自分を探そうと思ったのも自分の中の一人、だからそれも否定せず認めてあげよう」

苦しい修行をする時に「生き甲斐探し」のためではなくて、「修行すること」が生き甲斐だと考えることができたなら、もっと楽しめたかもしれません。そのようにできたなら、疑問も感じなくて済んだかもしれません。

「自分」や「生き甲斐」を探すのと、「修行する意味」を探すのでは、全く意味が違ってきます。

探していた「自分」つまり「揺るがない自分」はないわけではありません。それは「自分の本質」であって、自分の中に数多く存在する自分の集合体です。自分の人生を経験するたびに、積み重なった知識と智恵が、それぞれの場面に適合した行動をする私の集合体といえますね。

ですから、自分というものは、自分の中にしかいず、外に探しても見つからないのですよ。

このような話を続けていた頃の唯一の彼女の願いは、外国を巡っていた時に知り合い恋した人と一緒に暮らしたいということでした。この男性のビザがなかなか下りなかったのですが、やがて夢も叶い、京都で共同生活を経験することができました。

しかしそれも長くは続かず、彼氏の帰国と共にお母さんの待つ四国へ帰って闘病生活となりました。それからもたびたび高速バスで京都に会いに来てくれました。

余命2ヶ月と宣告されてから2年近く経ちもう高速バスにも乗れない状態となり、四国の病院へお見舞いに行った時も、帰るまでずっと僕の手を握ってニコニコしていました。

これが彼女とお会いした最後でした。

余談ですが、亡くなってあまり日のたたない内に、お母さんが彼女の遺骨を抱いて京都まで来てくれました。

「死の間際まであなたのことを嬉しそうに話していました。『もっと早く会いたかった』と。少しでいいからあなたのそばへ置いてやってくれませんか。よくガンバったと言ってやってください」

と涙を流しながら話されたのを覚えています。

もちろん、遺骨をギューっと抱きしめてあげましたよ。


生き甲斐なんか探す必要はないのです。

人間は今日「生きている」それだけで甲斐があり、とりあえず生きている今日を良いと思うか嫌いと思うかだけなんです。その積み重ねが人生ならば、良いという思いを重ねれば幸せというものではないでしょうか。


仕事に生き甲斐を見つけたいと願う人も多いと思います。

若い人たちがよく言います。

「私に合った職業が見つかりません、どうしたら良いですか」

「あなたはそもそも何をしたいのですか」

「わからないから相談に来たのです」

「僕は占い屋さんではないのだから、占い師にみてもらったらどうですか」

「いっぱい行きました。それでも答えが見つからないから来たのです」

この人たちは、自分に合った特別な職業が必ず存在しているのだと思い込んでいます。その特別に自分に合った職業以外は何をしても無駄だと思い、それにこだわっているのです。そうなると、その職業に巡り合えなければ、今日生きる人生まで無駄に思えてしまうでしょう。

僕はみんなによくこう言います。

「自分に合った特別な職業に巡り合える人は、特別な人たちであって、その人たちはほぼ人間国宝になっています」

それ以外の人は、僕もそうですが、一生のほとんどは日常生活に費やしています。まず、どのような人生を過ごしたいのか、それを維持するために合った職業は何かを考えることが大切なのですよ。

どんな職業でも、その職業なりの基準があります。

自分に合った職業に巡り合うためには、その基準の面白さ奥深さに気づくことが求められます。気づくことこそが絶対条件であるとさえ言えます。

奥深さに気付く人は何年も何十年もガンバれますね。

その人はその仕事の成功者になります。

その職業に合った人といえるのです。

反対に、就職してもすぐにこんな仕事はたかが知れていると思ってしまう人は、奥深さに気付く才能が足りないといえるでしょう。

自分に合った職業を探す前に、才能が足りないことに気付くべきなのです。

職業なりの基準を無視して、自分勝手な基準を持ち込んで、気に入る気に入らないもないのです。

人生の目的である「楽しく生きる」にほど遠いといえます。

楽しむといっても難しいことではありません。どうせ生きてどうせ仕事をして、どうせご飯を食べて寝るのなら、苦しんでも考えても「しんどい」だけなので、何事も喜びながら行えば良いだけです。

これが人生の極意。

2、自由に動けるって素晴らしいことなんだ

4月13日、午後3時ごろ、さっちゃんが言いました。

「温泉へ行きたい」

「じゃあ、近くの温泉でいいか」

「はい、いいです」

ということで僕の車で出発し、「ふくろうの湯」に行きました。和歌山市の中心部ぶら

くり丁《ちょう》の商業ビルの地下にあり、市街には珍しい天然かけ流しの日帰り施設であり、家から2・5km弱とけっこう近い温泉です。

ちょうど桜が満開で見ごろでしたから、和歌山城の近くまで行ってみようということになり、堀の横に車を停めて眺めていました。和歌山城は江戸時代の御三家《ごさんけ》のひとつ紀州《きしゅう》藩の居城《きょじょう》であり、天守閣は戦災で焼けた復元建築であるものの壮大な石垣が見事な名城です。

「お城へ入ることができる?」

とさっちゃんは言い、それならばと和歌山城公園の駐車場へ入ったのです。

「少し公園を見よう」

と歩き出したところ、本当に満開でとうとう城内を一周してしまいました。

ガンの影響で腹水が溜った大きなお腹では一人で歩きかね、「ふう、ふう」言いながら僕の腕を掴んで散歩しましたね。

「少し休ませて」

と途中の階段では言いましたが、ガンバってニコニコしながら散歩したのです。

ふくろうの湯に入るとき、

「また来たいから」

と5枚綴りの回数券を購入しましたね。

「どのくらい浸かる？」

「1時間ちょっと入っていい」

僕はにっこり笑い頷きました。

日本有数の天然炭酸水素塩泉《たんさんすいそえんせん》ということで、冷え性や切り傷などに効能があり、なかなかよく暖まります。

入浴後、同じビルの一階にあるスーパーマーケットで夕食と朝食の買物。

さっちゃんは何事でも一生懸命で几帳面な性格ですので、前もって食材から分量までキッチリとメモしてその通りに買うのです。

僕なんかだと適当でいいのにと思いますが、そうも行かないようです。

4月15日に僕の父親の33回忌法要が行われました。その前日、朝からさっちゃんがソワソワするので聞きました。

「どうしたの」

「お花を替えたり、お墓のお掃除などもしなければいけないので、早く行きましょう」

「はいはい」

　僕は生返事です。

「どこの法事かわからないな」

　と僕はボソッと軽い皮肉を言いながらもお寺へ着きました。

　そうして当日、親戚や孫を入れて11人とお手伝い10人で、お坊さんを迎えその後お寺へ行き、食事という流れで進行しました。通常、食事は料亭などで行うのですが、家で行うと僕が言い出したので、みんなにお手伝いをお願いしたのです。さっちゃんも一生懸命手伝ってくれました。

「おめでたですか」

　と親戚の一人がさっちゃんのお腹を見て言います。

「僕の子供です」

　僕が酔っ払って冗談を言ったら結構本気にされて、たいへんにぎやかに法要を済ませることができましたね。

第４章　日常生活って、大切だったんだね

４月17日の午後、ソファでゴロゴロしているさっちゃんに、

「気晴らしにドライブしようか」

と声をかけました。

「うん、行くよ」

すぐに返事が返ってきました。

和歌山市の隣の岩出《いわで》市に有名な根来寺《ねごろじ》があります。平安時代後期に開山された新義真言宗《しんぎしんごんしゅう》の総本山であり、豊臣秀吉に焼き討ちされましたが国宝の多宝大塔《たほうだいとう》などが残り、見どころも多く桜の名所としても知られる古刹《こさつ》です。

「桜吹雪が見られるかもしれないよ」

と僕は言いました。ちょうど満開の季節であり、境内を覆う桜は本当に素晴らしいものでした。

茶店の赤い毛氈《もうせん》に座って食べたソフトクリームに、

「桜が引っ付いた」

とさっちゃんが喜んでいたのを思い出します。

4月19日、2回目の腹水を抜くために東京の病院へ行くことになり、朝7時半に関空まで送りました。

第1回目は3月14日に関空から東京に向かい、3月24日に京都に戻って来ました。今回2回目もその程度で和歌山へ戻ってくると思っていましたが、これが和歌山での最後になってしまいました。

それからしばらくは元気に毎日4回も5回もメールのやりとりを続けます。

「今度和歌山へ帰ったら、お風呂の掃除を徹底的にするの」

「調理道具ももう少し揃えたいの」

「喜んでもらえる料理のレシピを集めるよ」

「歩く時には手を繋いで、座る時には横にひっついて、寝る時もひっついてもいい」

ある日メールが届きました。

「これはラブレターだ」

とこれを見た知人。

やがて2回目の腹水を抜いたころから少しずつ元気がなくなり、5月末に無理を言って退院してからは、マンションの室内も歩きかねる状態になってしまいましたね。

「会いたい」

「もう会えないの」

「一人では生きて行けない」

などと弱音を吐きます。

「では僕から東京へ行くね。6月の第１土曜にはどうしても抜けられない用があるから、次の日の早朝に和歌山を出発します」

約束しました。

「今どのあたり」

と新幹線で東京へ向かう途中2度も3度もメールがありました。

6月4日、さっちゃんのマンションに着いた日、さっちゃんはもう部屋から出られる状態ではなく、ソファーやベッドでゴロゴロしながら「ふう、ふう」言っていました。

「酒屋さんにメールしなければ」

と僕の顔を見るなり笑顔で言います。

「遊びに来たのではないからいいよ」

「なかったら寂しいよ」

瓶ビール５００㎖入り１ケースを発注したところ、びっくりするほど早く届きました。

さっそく冷蔵庫へ入れておきましたが、夕食前にさっちゃんのお姉さんが来て、冷蔵庫を開けるなり、24本のビールを見て目を丸くしていました。飲み助が家族にいないからびっくりしたのでしょう。

その日の夕食は病人相手に6本、３リットルも飲んでしまいましたね。

「たしか、病人を励ますつもりで東京まで来たはずなんだけれど」

と思いながら……。


翌朝6月5日。

「少し散歩でもして来たら」

と言われ歩いていると、「川崎大師《だいし》」のポスターが目に入りました。「よしっ」と思い立ち、心の中でさっちゃんの病気が少しでも良くなりますようにお願いしようと思いながら、電車に乗り継いで出かけてみたのです。川崎大師は正式には平間寺《へいげんじ》といい、平安時代後期創建の真言宗智山《ちざん》派の大本山であり、関東厄除《やくよ》け三大師としても知られる名刹《めいさつ》です。

駅前から、川崎大師に向かう道すがら、土産物屋さんの声かけに答えたりしながら参道を歩き、お参りしました。

帰り道はお土産屋さん兼食堂へ入りおそばをいただき店員さんと少し話をしたり、店を出て隣のくず餅工場の方に声をかけたり、楽しい時間でした。少し歩いた多摩《たま》川で釣りをしている人と話した後に帰宅したのです。

その日にあったことをこと細かくさっちゃんに報告しました。

「自由に動けている時は何も気付かなかったけれど、動けなくなって、はじめて知ったよ。私が今まで生きて来て、そんなに他人と会話などできると思ってもいなかったから、お話しなどしたことはなかった。もっといろいろな出会いも、もっといろいろな経験もできたかもしれないのに、何もしないで生きて来てしまった。仕事と家の往復しか知らない人生で終わりたくない。元気になりたい」

とさっちゃんの頬に涙が流れました。

実際、気が付いた時はもう遅いことは多いものです。

惰性に毎日流されるのではなく、少しの時間でできる散歩など新たな冒険が必要でしょう。まさに思い立ったが吉日なのです。

また、明日にしようなどと思っていると機会は失われてしまいますよ。

3、何をしていても楽しめるなんて、人生の達人だね。だから安心できる

平成19年6月9日、東京の病院から新幹線で僕が京都の自宅へ帰る途中、さっちゃんからメールがありました。

「もう京都に着きましたか」

「今、新幹線の車中です。途中、品川の駅で降りてビールを飲んでいたから遅くなった」

「何をしていても楽しめるなんて、人生の達人だね。だから安心できる」

と返信メールが届きましたね。

さっちゃんからすると、

「今の今まで違う人と話をしていたけれど、ちょっと声をかけると、何の雑念もなく、すぐに自分に対応してくれた」

「苦しいと言えばすぐ助けてくれる」

とも思えるそうです。

僕の力で助けることとなんてできないですが、少しでも安心してくれれば嬉しく思います。人は千差万別なんだから仕方がないのですが、何をするにしても、

「ああだこうだ」

と文句を言いたがる人もいます。それでは自分だけでなく他人も安心できないでしょう。不平や不満を並べ何もしないのかと思うと、ようやく重い腰を上げる人もいますが、どうせ実行するならさっさと黙ってすれば良いのにと思います。

そういう人は失敗するかもしれないから、前もって予防線を張っておこうとするのです。何なのでしょうね。そういうことをしても誰も喜ばないと思いますが。

実際、いま考えるべきことを考えて行うべきことを楽しんで行っていれば、本当は何も

問題なく安心して暮らせるでしょう。過去や未来に心の半分以上も奪われて、不安に生きても良いことなど何もないのですよ。


今でない時空には存在することはできないのですから、人は今を生きるのです。

昨日はもう過ぎたし、明日はまだ来ません。

明日になっても同じで、いつも今しかないのですよ。

だから人生は今という時間の積み重ねといえます。

決して今という時間の連続ではないのです。

連続だと考えるから一度悲観すると、これからの人生は悪いことばかりと思ってしまいますね。


だから、とりあえずは「今日」を生きれば良いのです。

とりあえずは生きた今日が明日に繋がります。

今日を満足できなければ、明日はもっと不満足でしょう。

「とりあえず今日に」満足してみましょう。何度も繰り返しますが、とりあえずは「今日だけ」で良いのですよ。

自分たちに許されているのはとりあえずの「今」しかないのですから、今日を楽しんで生きれば自分に接してくれている人たちも、本人も知らず知らずの内に安心できるでしょう。

たとえ明日に不安があっても、「とりあえず今日」のところは安心すれば良いのです。

今日のところは今日の私が何とかできます。

だから、明日のことは明日の私にまかせておけば良いのです。

今日悩んだ分だけ、今日の私より明日の私の方が少し賢いといえますね。

この後、どれだけ長生きできるかは人によりますが、長く生きるかはとりあえず今日には関係ありません。

4、今日は珍しく弟が来てくれて、3人兄弟が揃いました

「弟ってこんなにやさしい顔だったたっけッて思いました、うれしかった」

亡くなる1週間前のさっちゃんからのメールです。

「自分に接する人の姿、形、すべて自分の心の写し鏡だ。さっちゃんの心が優しくなったんだ。それが表に現われるとみんなも優しくなるんだよ。良かったたね」

返信しました。

出会って最初の頃、

「弟とは話が合わない」

「私は弟に嫌われている」

とよく言っていましたね。

実際はどっちもどっちで、さっちゃんも話を合わせる努力はせずに、自分の意見ばかり

を主張していたのだと思いますよ。

誰もが皆、日常が常に続くと思うから、負けたら悔しいと意見を押し通そうとするのです。

病気で時間の余裕がないことを知れば、正統性を証明する時間がないのだから、自分の意見を押し通してもしょうがないでしょう。

だから心が穏やかでいられるのかもしれませんね。

人は誰でも同じなのですが、自分が苦しむと家族も友人知人もみんなが苦しみます。

誰しもが自分だけが苦しんで、誰もわかってくれないと思い込みます。

本当に人間と言うものは、自分が苦しむと自分しか見えなくなるのです。

他人の心が見えないと思った時には、実際は自分の心も見えていないのですよ。

自分の心も他人の心も見えないから、人は悩むのですが、悩む人ほど自分の心は見えていると錯覚しがちでしょう。

その錯覚した心で物事を推し量ろうとする時、余計に心が迷い、そうして迷いのスパイラルに落ち込みます。

迷う人ほど、昨日も今日も明日も同じだと思っています。

1年前も5年前も大して変わっていないと思っているのです。

これも大いなる錯覚であって、同じ日など絶対にないのですよ。

無理矢理、同じ所に閉じこもっていれば、しばらくは同じような日常が続くだろうけれど、やはりいつまでも同じということはありません。

あんなに元気だった人が、明日に亡くなることもあるのですから。

地球上に存在する生物すべてが死に向かって生きているのです。

生きたままいつまでも暮らすことはできません。

人には皆、それぞれに許された時間しかないですよ。

いくら悩んでも、その時間は変わりません。

どんなに生きたいと願っても決まった時間しか生きられないように、早く死にたいと悩んでも時が訪れなければ叶わないでしょう。

要は、許される時間をいかに生きるかだけなのです。

しかし許された時間は誰も知りません。

「とりあえず今日」をガンバって生きるよりありません。

そうすれば必ず、明日はあるでしょう。

人にはいつか最後の日が訪れるのですから。

「そんなに今、生きることにこだわらなくても、来世もきっとある。その時はもっと早めに巡り合おうね」

とさっちゃんに言いました。

「うん、そうだね」

と微笑んでいたのが記憶に残っています。

5、関西の空気が読めない。まるで吉本新喜劇を見ているみたい

「吉本新喜劇は日常ありがちなことをデフォルメして、演じているのでしょうけれど、オーバーすぎて私にはまるで理解できなかったのです。でも京都のお家でも、和歌山のお家でも、関西人が集まると、普通に過ぎる日常が、新喜劇とまるで同じだと知りました。新喜

劇は誇張でも何でもなかったのですね」

さっちゃんがいいます。

「いやあ、僕にとっても、吉本新喜劇はやはり誇張しすぎだと思っているんだけど」

「私から見て、あなたの日常と吉本新喜劇の演じている世界はまるで一緒です」

他にも僕の所へ訪れる関東の人がいるのですが、みんな異口同音《いくどうおん》に言います。

僕からしたらそんなに変とも思えないのですが。


先日、四国の高知へ一泊旅行した2日目の昼、高知城下の日曜朝市から同じ市内の旅館へ帰ろうとして道に迷いました。

「旅館はこっちの方向」

「いやそれは違う、反対側だ」

「いやそうではない」

とみんなでわいわいと大騒ぎをする始末です。

「いいかげんにして帰ろう」

と30分ほど騒いだ後に旅館はこちらの方向と決めて歩き出しました。

「こんな日にどちらから見えられたのですか」

地元の人はあきれ顔です。

騒いでいたのは商店街のアーケードの中だから良かったのですが、外は台風接近による暴風雨の最中《さなか》でした。

傘は壊れるわ服はびしょびしょになるわたいへんでしたが、旅館へ着いて関西出身者は、

「わっはっは、おもしろかった」

とさらに騒ぐ始末。同行した関東出身者は、あきれかえっていました。

「私がこちらの方向だと言っても、誰も聞こうとしないので先に帰って来ました」

と関東出身の一人は言います。

「遊びに行って、遊んでいるのだから、そんなに真面目にしなくても」

と僕は答えました。

商店街のアーケードの入口にはタクシーが停まっていて、旅館名を言えばすぐに着いたのですが、そのようにする人はいませんでした。

その日の夜遅く和歌山の家へ帰り着いてテレビを点けたところ、

「今日の昼の高知の台風の模様です」

と報道されていたのです。

映像には、わがメンバーが傘を飛ばされ喜んでいるところが流れているではありませんか。

「やはり遊びは遊んでおかなければ」

と僕は声を出して笑いました。

関西人はこんな状況になると、やはり僕たちは吉本新喜劇のようだなと納得してしまいますね。

6、安心できるって、素晴らしいことだね

「和歌山のお家へ来て以来、何も心配することがなくなっちゃった。安心できるって素晴らしいことだね」

とさっちゃんが言っていました。

人はなぜ心配するのかと考えてみますと、今日を大切に生きていないからなのではないでしょうか。今日という日を大切にすると、今日を精一杯生きるのにまる一日かかってしまい、余計なことを考えているヒマはありません。

ほとんどの人は、過去にこだわったり、明日にこだわったりして、今日を一生懸命生きてはいないのです。

人間というものは、心に何か未消化なことがあると、心がズシッと重くなります。心が重いと一緒に体も重くなり、今日をまともに生きられず、心配が先にのしかかってきます。

例えば、今日しなければいけないことを放置したまま過ごすと、これで良かったのだろうかと心に不安が生じますね。

その不安をかかえたまま明日のことを考えると、うまくできるだろうかもし失敗したらどうしよう云々と、ますます不安が広がるのです。

結局のところ、心配の原因はこのようなものでできているのですよ。

今日だけを見ながら今日を一生懸命に生きたなら、

「よし、明日もガンバろう」

ということだけで済むことなのに。

さっちゃんが和歌山で落ち着いて暮らすようになったのは、平成29年2月21日。

この頃、僕は大阪府南部に位置する泉南《せんなん》市に建築の現場があったので、昼間はよく留守にしていました。さっちゃんは今日の夕食は何にしよう、お風呂はどうしよう、明日の朝ご飯は、その間に洗濯も掃除も買物にも行かなくては等々と忙しい毎日でしたね。

さすがプロのデザイナーだけあって、食器一つ片付けるのもプロの目線のため、それはそれで時間がかかります。しばらくさっちゃんが東京へ帰っている間はお笑いのようですが、塩一つ探すのにも、どこに片付けてくれたか皆目《かいもく》わからず苦労しましたよ。

普通、それが日常であって、当たり前のことだと言ってしまえば、その通りなのでしょうが。

さっちゃんにしてみれば、姉弟は独立して家を出て長く両親と3人暮らし。家事は全部お母さんが片付けてくれるのだから、仕事さえ行っていればそれで済んだのでしょう。

両親亡き後は一人暮らしで、食事も適当に済ませれば、それで良かったのではないでしょうか。

和歌山にいれば仕事のことも思い出さずに済むし、他にしなければならないことは何もないし、日常を目一杯生きられたのだと思いますよ。

人が生きる上で、突然本当に困ることなどめったにありません。困りごとは、前もって自分で首を突っ込まなければまず起きないのです。

怒ることも、悲しいこともめったにありませんし、楽しいこともそんなにありません。ラッキーもアンラッキーもめったになく、現実には、特別なことなどほとんどないのです。あるのは、毎日、毎日の日常。

その毎日の日常に嫌気がさして、特別を望むと特別な災難に出会うことが増えるのも、人生というものです。

一番大事なのが、通常の日常というものでしょう。

なかなか人は気付きませんが、通常の日常に喜びを感じるには、それなりの能力がいるのです。その能力が足りないと、楽しむことが難しいといえますね。

一方、怒る能力も足りないと横から見て、そこは怒るべきでしょうとハラハラする人もいます。

特別な刺激を求める人も、それが手に入れば今度はそれ以上の刺激を欲します。いつまでたっても「これでよい」状態にはなりません。それでは心が安心できないでしょう。すべてにおいて、能力の過不足が心の不安を呼んでしまいます。何事にもバランスが大切だということなのですよ。

安心するためにはまず落ち着かなければなりません。

さっちゃんも和歌山の家で落ち着いたからこそ、安心に巡り合いました。

「こんなお家は嫌です」

と少しでも思っていたら、安心はなかったでしょう。

日常を受け入れる能力は、誰でも磨くことは可能です。

日常の大切さを知るか知らないか、すべてはそれだけですから。

昨日と違う明日を手に入れるために、今日、昨日と違う新しい能力を開花させなければならないでしょう。

平穏な生活のためには不安は必要ないことを知り、喜びや安心する大切さを知り、楽しく暮らすことが大切なのですよ。

第5章　活きている言葉はすごいよ、すぐ納得できる

1、人を心から信じ切れるって知らなかった。本当に大切なことなのにね

人間社会に優劣や勝負、利害や損得を持ち込まなければ、人を信じ切れるでしょう。信頼関係は築かれるのだが、なかなかにして難しいものです。

商品と同じで他者との差別化を図ろうとすればするほど、人間関係にも優劣が持ち込まれます。

人間関係の商業化を図ってどうしようというのでしょう。

僕とさっちゃんの関係に優劣を付けても何も意味がありませんし、利害損得を考える必要もないから関心もありません。

お互い機嫌良く暮らしそれを気に入っているから、裏切るも裏切られないもなく、何も問題はないのです。

一般社会となるとなぜ難しくなるのでしょうか。

そう考えると一番の原因が能力主義であり、優劣をはっきり付けて差別化することに他ならず、そこには信頼関係は成立しないでしょう。

能力主義を欧米から持ち込んだ人たちの信頼とは、自分と同じレベルの中で築かれるものであって、その他のレベルの人たちとは無関係で良しと思っているのですよ。

僕がガンバって来た少し前の社会では、私は営業が得意あなたは事務処理が得意とお互いの得意分野を役割分担して、優劣は会社全体を向上させるための補完関係でしかありませんでした。その中で信頼は成立していたと納得していたのですが、現在は能力イコール収入の差となりそれが露骨になれば、信頼など成り立たなくて当然ですね。

そのように考えると、今日の欧米を中心とした文明では、世界平和は訪れないかもしれません。

平和に一番必要でないのが優劣や損得であって、人間関係まして国家関係まで差別化しては争いは必ず生まれるでしょう。

やはり商業は商業、経済は経済、人間関係は人間関係、それぞれにふさわしい倫理や道徳が必要なんだと思いますよ。

人間が人間として生きるにはお互いの信頼は絶対必要であり、信頼があれば争うことも疑うことも必要なくなります。

信じ切れる関係、つまり優劣など関係ないと思える人たちの輪が広がれば、人間はもっと楽しく暮らせるのではないでしょうか。

一般社会イコール競争社会だと思っている人々も多いのですが、ほとんどの人たちに勝ち負けは意味はないのです。理由もわからず友人・知人・隣人をもライバル視してしまっている人たちも、一刻も早く気付くべきでしょう。他人は他人の人生を歩いているのですし、自分は自分の人生を歩いていると。無理矢理に既存の社会システムに組み入れられる必要はありません。

2、活きている言葉はすごいね。すぐに納得できる

僕の言葉が活きているなんて、さっちゃんに言われるまで思いもしませんでしたよ。

僕はその時、その場で思った通りを話しています。

専門的でも学問的でもなく普段着そのままです。

何が違うのか考えてみると、学問的な言葉は熟考された言葉ですが、あまりにも熟考されると悩みをかかえた人の心にストレートに響かないのかもしれませんね。

人生の生き方とか思考方法とかのハウツー本が数多く刊行されていますが、僕の所にも何冊もそういった本をかかえて来る人がいます。

「私の悩みとは何かが違う」

と言って置いて帰る人もいます。

悩みの本質にたどり着けていないのでしょうか、

「心が晴れました」

という話はあまり聞きません。

学者が悩みの研究の成果を得るため熟考するのは分かりますが、悩んでいる本人が熟考し過ぎてかえって悩みを広げてしまっている場合も多いのですよ。他人に迷惑をかけまい、嫌な思いをさせまいと、言葉を口から発する前にもう一度、頭で整理し、組み立て直してから話す人も多くいます。

一度組み立て直した言葉は、最初思い付いた言葉とは微妙にズレが生じ、やわらかくなりすぎて意味が伝わらなかったり、きつくなりすぎて誤解されたりするでしょう。

このように考えた上に考えて話す人ほど、生きづらい思いをしながら暮らしているように思います。

僕も70年近く生きてきましたが、中学生の頃は、

「一生病院のベッドで生きてもらう以外ないです」

と主治医に言われたほど病弱でした。その後、元気になってもいろいろと悩みの中で生きた時期もありました。

悩みを実体験してみるとよくわかるのですが、ハウツー本に出てくる事例などは、悩みの表層をパターン化したに過ぎず、真相は千差万別であり雲をつかむようなものです。こうすればよくなりますとは、なかなか言えるものではないと実感します。

活きている言葉とは、その人の心に響く言葉。

心に響く言葉とは、その人の思いに同化できる言葉でしょう。

その人の実態がわからなければ、活きている言葉にはならないのですよ。

もちろん、その人の考えのすべてがわかるわけはないのですが、せめて悩みや苦しみや、苦しみの方向性がわからなければ、言葉が活きてこないだろうと思います。

人は皆、様々な知識を持って生きているのです。

しかしその内容は、自分にとって興味の示せる範囲でしか記憶されず、それ以外は知識としては記憶されていません。

私たちが話す言葉は、自分の興味の範囲に収まる知識でしかないのです。

他人のことを一生懸命考えていると思っている人も、自分たちの思考の基準は自分にしかないから、実は自分の知識が及ぶ範囲を越えた事例を理解することは不可能でしょう。

人が悩んだり苦しんだりするのは、なぜでしょうか。

その答えは、今まで生きて来た自分自身が興味を持って得た知識の中に、その悩み苦しみに対応する知識がまだ入っていないということに過ぎません。

知識の中に答えが入っているなら、悩み苦しむ必要がないのですよ。

知識の中に答えが入っているなら、悩む前に答えは見つかっています。悩むということは、答えが入っていないのだと気付くなら、答えは外に見つけるよりほかないのです。入っていない頭をフル回転させても無駄であり、外に見つけるためには、学ばなければならないし経験しなければなりませんね。

たまに、人を越えるような器の大きい人がいます。

その人は、人並み以上の経験を通して人並み以上に学んだのでしょう。

今ある知識で満足してしまうと、自分の基準と違った新たな思考方法など受け入れられなくなるでしょう。そうなると自らの知識も活性化しないため、活きた言葉も話せなくなってしまいます。

もう一つ重要なのは、活きた言葉で伝えているのは「心」ということです。

言葉は先走りすると「心」を伝えられなくなってしまいます。

本当に伝えなければならないのは、言葉ではなくて、「心」なのです。

「心」を伝えられると、相手の「心」が活性化します。

それこそが活きた言葉なのだと思いますよ。

3、人生って不思議に出会うためにあるのかな

思議《しぎ》とは思い考えを巡らせることであり、思議できないのが不思議。だから、思考の範疇になかったことに出会うという意味においては、人生とは本来、不思議の連続であるといえますね。

昨日知らなかったことは、今日に何もなければ明日も知らないままでしょう。

人間というものは経験せず学習していないことは、知ることはないのです。

昨日まで経験していないことに今日は出会っているとしても、経験には似たようなことも多々あって、過去に経験して知っていることだと意識が錯覚することはよくあります。

そうすると意識が新たな経験と認知をしないから、ごく普通に暮らしていたり毎日忙しさに流されていると、自分の思考外のことなどないと思い込んでしまうのですよ。

そうなると毎日毎日、同じことの繰り返しで、人生の意義を見失う人も出てきます。

あるお寺で御講話があったのですが、僕は私用で遅くなりました。

「どのようなお話でしたか」

玄関に出てきた人に聞いてみました。

するとみんな口々にいいます。

「素晴らしいお話でしたよ」

しかし、内容はと聞くと、

「あまりにも良い、ありがたいお話だったので、覚えていません」

人は未経験のことはわからないので、理解のしようがないからです。

理解できない未知のことを脳が勝手に自動翻訳して、自分の経験に置きかえて知ったつもりになります。

「こんな話でした。この話は大変良かった」

と解説してくれます。しかし、よく聞いてみると、聞いた言葉の断片を自分に都合良く自己流に解釈した別の話になっていることが多々あります。

よく考えると、こういう人たちが他人のことをあれこれと説教するのが世間というものですが、そういう話を真に受け悩んでいる人もけっこう多いのですよ。

思考のブレーカーを切ってしまう人や、ブレーカーは入っているが混線する人は、いずれも自分流しか知らず不思議に出会えていない人たち。

その人たちは目の前の固定概念にとらわれ、霧の中を行くように人生は少しも明るくありません。

誰であってもよほどの災害にでも遭わない限り、昨日も今日も明日も大して違いはないのですから、自分の今までの思考回路のままで生きて行けます。

しかし、少し思考回路の違う人に接してみると、まるで違う世界が見えることがありますよ。

似た環境には似た思考回路の人が多いように、違う環境には違う回路の人がいっぱいいます。違う回路を知ることが、自らの視野を広げるのです。

視野が広がると、昨日気付かなかった不思議が見えてきます。

その時にこそ目の前の霧が晴れ、目の前が明るくなります。

それが不思議に出会うということなのですよ。

さっちゃんも僕と知り合って、今まで生きて来た世界観とはまるで違う思考回路に巡り合ったのだと思います。

「不思議に出会うため、人間って生きているのかな。目の前に光が輝いているよ」

と言っていましたね。

彼女もそうですが、日常を楽しめず日常に追われると、すべてがその日常に覆われ光と希望を見失ってしまうのです。そして、身体や心が蝕まれてしまったら、人生の本当の意味がなくなってしまいます。

4、体がどんなに苦しくたって、心がおだやかだと少しも苦しくないんだね

お医者さんもびっくりするほどの進行の早いガンの末期、胸にもお腹にも目一杯、水が溜まって苦しくないはずはありません。

しかし、僕の顔を見ればニコニコしていて、亡くなる5日前にお見舞いに行った時もニコニコしていましたね。

「苦しいって言うよ、泣き言も言うよ、でもその度に的確で心に響く言葉で答えてくれる。その言葉を聞くと安心できる」

とニコニコしていたのです。

この世界に存在する我々にとって、行動することが可能なのは、今という時間内にしかありません。昨日のことはもう今日にはできなく、明日の準備は今日できるが、明日のことは明日でないとできないのです。

我々に許されているのは今という時間内の現実の対応だけで、それ以外はいくら考えても空想にすぎません。

仕事でも学業でも人生でも、今置かれた現実以外何も考えることもなく、無我夢中に行動したことはほぼ成功するでしょう。

いろいろと考えた上に考えて行動したことは、現実に自分の都合の空想を足すため、まず失敗します。なぜならば、現実に自分の都合の空想を足すからです。

「あの時ああしておけば良かったのに」

といかに思っても、その時を取り返すことができない以上、いくら悔いても時間の無駄にしかなりません。

未来のことを考えても意味がないのですよ。

さっちゃんがメールで言います。

「このままでは体内の筋肉が弱ってしまうから、何かリハビリを考えなければ……今後は在宅医療も考えなければいけないのかもしれないけれど……それだと病気を克服するという目標から遠ざかるから、それは嫌だし……いろいろ考えると眠れない」

「リハビリをできるようになった時、リハビリを考えよう、僕も付き合ってあげるから。在宅医療は退院の日が決まったら考えよう。それよりも明日のために今日するべきことを行おう。必要なものは、体力と気力。体力と気力を養うには、とりあえず今日のところはゆっくり休もう」

僕は答えました。

みんな、難しく考えるから難しくなるのです。

今日、できることなどたかが知れています。

とりあえず今日を生きてみれば良いのですよ。

「よし一日生きた」

と納得するなら、必ず明日も生きられます。

何も考えず「とりあえず今日を生きてみれば」良いのです。


人は考えた上にも考え、そうして時に方向を見失います。

現実を現実のままで考えるなら、方向を見失うことはありません。

ではなぜ見失うのかと問うと、現実に自分都合の理屈を足すからという答えが出てきます。

なぜ足してしまうのか。自分ではなかなか気付かないことですが、現実から逃げようとし、見ぬふりをしようとするからなのですよ。

本当に現実のまま受け入れて今日を生きれば、後悔することなど何もありません。

先ほど見えたお客さんとの会話。
「今日どの道を通って来ましたか」
少し考えた後、
「国道26号線バイパスを平井《ひらい》インターで降りて、高架道路に沿って真っすぐ来ました」
「なぜその道を通ったのですか」
「別に深く考えた訳ではないのですが、近いし通りやすいからかな」

通行して来た道は家からここまで様々にありますが、他は選んでいないのですから一本道です。

帰り道もいく通りも右へも左へも曲がれますが、結局通行する道は一本だけ。

通行した道に対して何も思わず今日の運転を終えるか、あの道もあったのにこの道もあったのにと後で悩むか、どんなに無限の可能性があろうと人生は一本道なのです。

将来、別の道を選んだら予定していた道は消えてなくなってしまうので、一本しかないのですよ。

過去をいくら悔いてもどうしようもなく、昨日と別の道を選べるのは、まだ運転していない時間にしか許されません。だから明日は今日には選べるのです。

先に例えた運転の話で考えると、運転中に心迷うと不安が鎌首を持ち上げて来ますが、たとえ迷いながら通った道でも心穏やかだと満足できるでしょう。

５、さっちゃんの夢と希望は

一部上場企業のキャリアウーマンとして。

一級建築士として、建築デザイナーとして。

上司からも、部下からも、社の内外からも認められること。

そのために恋愛する間もなく、寝食や健康もかえりみず一生懸命ガンバって来たのですね。

人は夢と希望に光を見い出して生きようとするもので、その夢や希望を達成するために一生懸命努力します。まるでその夢が達成されないと、生きては行けないと思い込むほどに。

しかし良く考えてみると、幼少期から老年期まで変わらぬ夢を持ち続ける人は稀であって、誰しもが無意識の内に、自らの置かれた環境とその時々の自らの持ち得た能力に見合った夢を見るのでしょう。その時の夢はその時の夢、また次の時には次の夢を見ても良いのです。

本来、自分の夢も自分の人生ですから、いくら変わっても誰にも叱られることはありません。

たとえ夢が叶わずとも望み通りの人生が手に入らなくとも、その時々を大切に生きるなら、人は幸せに生きて行けるのです。

僕も長いこと建築設計が天職だと思ってガンバって来ましたが、様々な人たちの相談に乗っている内に、こちらの方が天職だと思えるようになって考えが変わってしまいました。

一生かけてと思った夢や希望とはまるで違った夢や希望でも、人は元気に活き活きと生きて行けるのですね。

さっちゃんが病気になって言っていました。

「病気が治って元気になっても、もう会社には戻りたくない。もっとのんびりと、大らかに生きたい。必死になって他人に認めてもらわなくても、素のままで認めてくれる人は、認めてくれる。それを信じることができただけでも幸せだよ」

神様でもたまには信じられたりたまには信じられなかったり、まして人間は多種多様。自分は自分で良いのです。悲しむのも、笑うのも、苦しむのも、悩むのも全部自分そのもの。素のままの自分を信じて、とりあえず今日を生きましょう。
とりあえず生きた今日を認めるなら、幸せはそこにあるのですよ。
たとえ、そこで人生が終わろうとも。

あとがき

本書は以下の2つのことを主なテーマとして執筆しました。

「今日を生きること」

「言葉が活きているか」

「今日を生きる」ためには、今日を満足できるかどうかが大きな分岐点になるのではないかと思います。満足出来るならきっと明日も満足して生きることが出来るでしょう。

しかし今日を満足すると言葉では簡単に言えても、それが実際に可能かと考えるとかなり難しいと思います。各自、満足する基準が違うでしょうし、それに喜びを覚えることが出来るかとなるともっと難しくなるのです。

「何も考えずに、とりあえず今日をすごせば良い」

と僕は考えています。

「何も考えずに」とは、今日のところは過去のことにも明日のことにもとらわれないということです。本来人間は今日を生きるのに精一杯ですので、未知数のことは空想にすぎないでしょう。過去のことも何回も思い出を反すうしている内に自分の空想が入り込み、現実にあったこととは違っているのがほとんどです。私たちが空想ではなく現実に生きるためには2つしかできることはありません。

「とりあえず今日を生きること」

「明日に理想があるのならそれの実現のために何らかの手段を考えること」

それだけが現実にできることなのです。

理想ももちろん空想であって、現実にはまだそうはなっていないから理想なのですが、それに向かうことは出来ます。それが今という時間であり、過去はどのように考えても差し替えは出来ません。

人間の思考は過去の学習により成り立っているともいえるでしょう。

今、悩んでいるあなたも過去にもっとひどい悩みを経験していたとしたなら、今の悩みなんか解決方法がすぐに見つかるはずです。ですから、将来のためにもいま悩んで学習しているのだと考えることが出来たなら、もう少し工夫の余地が見つかるのかも知れませんね。

空想ではない現実世界では、過去と同じ日は一日たりとも現れることはないのです。

「また過去と同じようになったらどうしよう……、恐ろしい」

と思いながら生きている人も多くいますが、その人たちは知らず知らずの内に過去と同じ行動をとってしまいがちです。

「過去と同じことは絶対に無い」

とそれでも言えるでしょう。

「とりあえず今日出来ることだけやりながら生きてみませんか」

だから僕は言うのです。

そこから学ぶことはたくさんありますよ。


次に「言葉が活きているか」なのですが、それについて少し思い当たることがあります。

僕の周りにはいつも多くの人たちがいますが、その人たちといろいろな話をする内に、

「この意見についてあなたはどう思いますか？」

と時々話を振るのです。

即答する人と考えた上に考えて答える人がいます。考えに考える人は周りの人も本人も気づいてはいませんが、答えになっていないことの方が多いのです。

あとがき

本人は思いつきでは無く完璧な答えを出そうと必死に努力するのですが、頭で組み立て直すと自分の知識を総動員して知らず知らずの内に理論武装してしまうでしょう。自分が恥をかかないために完璧な答えを求めるからなのですが、知識のフィルターを通した時に別の物語が入り込み、別の物語の答えになっていることがよくあるのですよ。そのような答えは質問者に戻って来た時に、違和感をおぼえ活きた言葉とは言えないでしょう。

本稿を書き終えて本当にこれで伝わるのだろうか？

理屈ばかりが先行していないだろうか？

悩むことばかりです。

京都の家では僕の助手をして下さっている深澤裕子さんと、当時小学生だった奈央ちゃんは僕と暮らしていたのですが、さっちゃんとよく寝食を共にしました。裕子さんはさっちゃんの病院につきそい、ナーバスになった時には一生懸命助言をし、和歌山で暮らすことになった時は同行して一泊しいろいろと説明したりと、大変親身になってくれたことを感謝しています。本稿執筆にあたり数々の助言をいただいた京大生協の角谷昌紀さん、はるかぜ書房さんとの連絡や執筆に協力いただいた轟生子さんたちが居なければ、ここまで書き進んでいけなかっただろうと大変感謝しています。私のつたない文章にもかかわらず即答で応じてくださいました、はるかぜ書房の鈴木社長と編集の森川さんにもこの場をおかりして、感謝したいと思います。

追記

さっちゃんが亡くなったのが平成29（２０１７）年6月19日です。

はるかぜ書房の鈴木社長が出版の件で和歌山までお見えになりはじめて私とお会いしたのが、平成30年6月19日、ちょうど一周忌にあたります。本当に縁というものがこのようにつながっているのだと驚きました。

竹田　一三

（ICHIZO　TAKEDA）

西暦 1948 年和歌山県和歌山市に生まれる。
一級建築士としてタケダ設計を創業し 27 才で独立、以来建築物の意匠を主に行う。
その間 PTA 活動や各種団体の役員を務めいろいろな人の相談に合う機会も多く、2005 年頃から人生相談の為のフィーリングポートを開設。
現在に至り悩める人たちの相談に応じています。

『生と死の対話～さっちゃんへのラブレター』

平成31年1月31日　第一刷発行

著　者　　：竹田一三

発行人　　：鈴木雄一

発行所　　：はるかぜ書房株式会社

東京都品川区北品川 1-9-7 トップルーム 1015 号

E-mail info@harukazeshobo.com　http://harukazseshobo.com

装　丁・装画：志冬

印刷所　　：プリントウォーク

ISBN 978-4-909818-03-4 C0095 ￥1500E